ANDROMEDE
TRAGEDIE
EN MACHINES.

ARGUMENT

TIRÉ

V QVATRIÉME ET CINQVIÉME

Livre des Metamorphoses d'Ovide.

CASSIOPE femme de CEPHÉE Roy d'Egipte fut si vaine de sa beauté, qu'elle osa la disputer à celle des Nereïdes, dont ces Nymphes irritées firent sortir de Mer un Monstre, qui fit de si estranges ravages r les terres de l'obeissance du Roy son mary, que forces humaines ne pouvant donner aucun remede des miseres si grandes, on recourut à l'Oracle de VPITER AMMON. La réponce qu'en re- urent ces malheureux Princes fut un commande- ent d'exposer à ce Monstre ANDROMEDE ur fille unique, pour en estre devorée. Il falut exe-

cuter ce triste Arrest, & cette illustre Victime f attachée à un rocher, où elle n'attendoit que la m lors que PERSEE fils de JUPITER & d DANAE passant par hazard, jetta les yeux s elle. Il revenoit de la conqueste glorieuse de la Te de Meduse qu'il portoit sous son bouclier, & vol au milieu de l'air par le moyen des ailes qu'il av attachées aux pieds, de la façon qu'on nous pein MERCURE. Ce fut de cette infortunée Pr cesse mesme qu'il apprit la cause de son malheur, l'amour que ses premiers regards luy donnerent; l fit en mesme temps former le dessein de combat ce Monstre qui la devoit devorer, pour conserv des jours qui luy estoient devenus precieux.

Avant que d'entrer au combat il eut le loisir tirer parole de ses parens, que les fruits en seroien pour luy; & receut les effets de cette promesse auss tost qu'il eut tué le Monstre.

Le Roy & la Reine donnerent avec grande jo leur fille à son Liberateur. Mais la magnificence d

pces fut troublée par la violence que voulut faire
hinée frere du Roy & oncle de la Princesse, à qui
le avoit esté promise avant son malheur. Il se jet-
dans le Palais Royal avec une trouppe de gens
rmez; & Persée s'en deffendit quelque temps sans
utre secours que celuy de sa valeur & de quelques
mis genereux: mais se voyant prest de succomber
us le nombre, il se servit enfin de cette horrible
este de Meduse, qu'il tira de sous son Bouclier, &
exposant aux yeux de Phinée & des assassins qui
suivoient, cette fatale veuë les convertit en au-
nt de statuës de pierre, qui servirent d'ornement
u mesme Palais qu'ils vouloient teindre du sang de
Heros. Voila comme Ovide rend cette Fable, où
Monsieur de Corneille a changé beaucoup de choses,
omme il le dit luy-mesme en propres termes, tant
ar la liberté de l'Art que par la necessité des ordres
u Theatre, & pour luy donner plus d'agréement.

En premier lieu, il a crû plus à propos de faire
CASSIOPE vaine de la beauté de sa fille, que de

la sienne propre, parce qu'il est fort extraordinair qu'une femme dont la fille est en âge d'estre mari ait encore d'assez beaux restes pour s'en vanter hautement, & qu'il n'est pas vray-semblable que orgueil de CASSIOPE pour elle-mesme eut atten si tard à éclater, veu que c'est dans la jeunesse q la beauté estant plus parfaite & le jugement mo formé, l'une & l'autre donnent plus de lieu à des v nitez de cette nature, & non pas alors que cett mesme beauté commence d'estre sur le retour, & q l'âge a meury l'esprit de la personne qui s'en seroit orgueillie en un autre temps. Ce sont les raisons d nostre grand Poëte.

Ensuitte il ajoûte qu'il a supposé que l'Oracl d'AMMON n'avoit pas condamné precisémen ANDROMEDE a estre devorée par le Monst mais qu'il avoit ordonné seulement qu'on luy exp sât tous les mois une fille, qu'on tireroit au sort po voir celle qui luy devoit estre livrée, & que cet dre ayant déja esté executé cinq fois, on estoit au jo u'il le falloit suivre pour la sixième.

Le Poëte a encore introduit PERSEE comme un Chevalier errant qui s'est arresté depuis un mois dans la Cour de Cephée, & non pas comme se rencontrant par hazard dans le temps qu'ANDROMEDE est attachée au rocher. Il luy a donné un amour pour elle, que ce Prince n'ose découvrir la voyant promise à PHINEE; mais qu'il nourrit toûjours d'un peu d'espoir sur ce qu'il voit leur mariage differé jusques à la fin des malheurs publics. Il est plus genereux que dans Ovide, où il n'entreprend la delivrance de cette Princesse qu'apres que ses parens l'ont asseuré qu'elle l'épouseroit aussi-tost qu'il l'auroit delivrée. Monsieur de Corneille a changé aussi avec beaucoup de sagesse la qualité de PHINEE, qu'il a fait seulement neveu du Roy dont Ovide le nomme frere. Le mariage de deux cousins luy ayant semblé plus supportable dans nos manieres de vivre, que celuy de l'Oncle & de la Nièce, qui eust paru sans doute estrange à nos Auditeurs.

Les Peintres (dit ce grand Poëte) *qui cherche*
à faire paroistre leur Art dans les nuditez, ne m
quent jamais à nous representer ANDROME
nuë au pied du rocher où elle est attachée, quoy qu'
vide n'en parle point. Mais ajoûte-il en propre t
mes : *Ils me pardonneront si je ne les ay pas sui*
en cette invention, comme j'ay fait en celle du C
val Pegase, sur lequel ils montent PERSEE *p*
combattre le Monstre, quoy qu'Ovide ne luy do
que des aîles aux talons. Ce changement donne l
à une Machine toute extraordinaire & merveill
se, & empesche mesme que les Spectateurs ne pr
nent PERSEE *pour* MERCURE*; outre qu*
ne le mettent pas en cet equipage sans fondemen
veu que le mesme Ovide rapporte qu'aussi-tost q
PERSEE *eut coupé la monstrueuse teste de Medu*
Pegase tout aîlé sortit de cette Gorgone : & que PE
SEE *s'en pût saisir deslors pour faire ses courses p*
le milieu de l'air.

Nos Globes celestes, où l'on marque pour Con
tellation

tellations CEPHE'E, CASSIOPE, PERSE'E & ANDROMEDE, ont donné jour au Poëte à les faire enlever tous quatre dans le Ciel sur la fin de la Piece, pour y faire les nopces de ces Amants, comme si la terre n'en estoit pas digne.

Comme OVIDE ne nomme point la Ville où il fait arriver cette avanture, Monsieur de Corneille avouë luy mesme n'avoir osé s'enhardir à la nommer; OVIDE dit pour toute chose que CEPHE'E regnoit en Ethiopie, sans designer sous quel Climat. La Carte moderne de ces Contrées-là n'est pas fort connuë, & celle du temps de CEPHE'E encore moins. Le grand Poëte s'est donc contenté de dire qu'il falloit que CEPHE'E regnât en quelque Païs Maritime, que la Ville capitale fût sur le bord de la Mer, & que ses Peuples fussent blancs, quoy qu'Ethiopiens. Ce n'est pas (dit-il) que les Mores les plus noirs n'ayent leurs beautez à leur goust: mais il n'est pas vray-semblable que PERSE'E qui estoit Grec & né dans Argos, fut devenu amoureux D'ANDROMEDE si elle

eût esté de leur teint, le grand Poëte a pour luy enco
le consentement des Peintres, & sur tout l'author
d'Heliodore qui ne fonde la blancheur de sa divi
Cariclée que sur un tableau d'ANDROMEDE,
met donc sa Scene dans la Ville capitale de CEPHE
proche de la Mer, & laisse la liberté à chacun
la nommer, n'ayant pas jugé qu'il fût d'aucune cons
quence de donner de nom à la Ville.

On trouvera cét ordre gardé dans les changem
de Theatre, que chaque Acte aussi bien que le Prol
gue a sa décoration particuliere, & du moins une
deux Machines volantes; mais qui ne sont pas da
cette Tragedie comme des agréemens detachez, ell
en font le nœud & le dénoüement, & y sont si nece
saires, qu'il ne s'en peut retrancher une sans renver
tout l'Edifice, estant indispensablement placées da
la tissure de ce Poëme.

ACTEVRS.

DIEVX DANS LES MACHINES

JUPITER.
JUNON.
NEPTUNE.
MERCURE.
LE SOLEIL.
VENUS.
MELPOMENE.
ÆOLE.
CYMODOCE.
CYDIPPE. } Nereïdes.
EPHIRE. }
HUIT VENTS.

Personnages.

CEPHE'E, Roy d'Ethiopie, Pere d'Andromede.
CASSIOPE, Reyne d'Ethiopie.
ANDROMEDE, Fille de Cephée & de Cassiope.
PHINE'E, Prince d'Ethiopie.
PERSE'E, Fils de Jupiter & de Danaé.
TIMANTE, Capitaine des Gardes du Roy.
AMMON, Amy de Phinée.
AGLANTE, }
CEPHALIE, } Nymphes d'Andromede.
LIRIOPE, }
Cœur du Peuple.
Suitte du Roy.

La Scene est en Ethiopie dans la Ville capitale du Royaume de Cephée.

ANDROMEDE

TRAGEDIE EN MACHINES.

DE MONSIEUR

E CORNEILLE L'AISNE',

Representée sur le Theatre Royal des seuls Comediens du Roy, entretenus par sa Majesté en leur Hôtel, Ruë de Guenegaud.

eprise sous la conduitte du Sieur DVFORT, Ingenieur & Machiniste du Theatre Royal des seuls Comediens du Roy.

CHacun sçait l'estime & le respect que le siecle present & la posterité doivent aux travaux du Prince des Poëtes François, dont le nom est si reveré, que les Estran-s mêmes ont traduit ses Ouvrages en leurs

Langues : C'est de l'Illustre Monsieur de C NEILLE l'aîné que l'on entend parler, il re aujourd'huy sur le Theatre une Piece où so nie inimitable n'a pas mêlé moins d'inventio de varieté dans le spectacle, que de conduit d'esprit dans le sujet.

Son ANDROMEDE aprés plus de trent n'a pû vieillir, & c'est par les avis d'un no choisi d'honnestes gens, que les Comedien Roy ont bien voulu faire une dépense tres-c derable pour ce grand spectacle.

Il seroit à souhaitter que cette description ressembler aux effets qu'il produit ; cepen bien qu'il paroisse impossible d'y reüssir, on ne sera pas d'en donner icy une legere idée.

L'impatience & la curiosité presque inse bles, ne seront pas long-temps dans le lie spectacle sans estre satisfaites, puisqu'au m moment que les Violons avertissent du com cement de la Piece, on voit le Theatre s'ou par un enlevement de Rideau qui ne cause moins de surprise que de plaisir, tant pour l pidité dont il se dérobe aux yeux des Spectat que par l'Invention agreable du Machiniste le fait emporter de chaque costé du Theatre

Nuages par deux Amours qui en embrassent
un une moitié. Cette nouvelle maniere d'ou-
le lieu de la Scene est assez ingenieuse, & sem-
bien entrer dans l'esprit de l'Autheur, puisque
iour de PERSE'E & celuy de PHINE'E pour
DROMEDE font le sujet de la Piece.

ECORATION DV PROLOGVE.

N voit une Forest épaisse, formée de plu-
sieurs Arbres de differente nature, & group-
differemment par un mélange de monceaux
rre & de Rochers. Dans le fonds il s'éleve
Montagne percée, au travers de laquelle la
paroît en éloignement, & sur le Sommet de
ontagne l'oeil découvre une vaste Campagne
des lointains à perte de veuë. C'est sur cette
ence que paroît MELPOMENE, la Muse de
agedie, & à son opposite le Soleil dans son

Char lumineux, tiré par les quatre Chevaux q
vide luy donne. Ces deux Perſonnages qui
le Prologue à la gloire du Roy ; aprés avoi
tout ce que leur divin langage doit pronon
l'avantage de ce Grand Monarque, s'uniſſen
ſemble de ſentimens & de voix, & aprés u
merveilleux, que MELPOMENE fait da
Char du SOLEIL, il l'enleve rapidement po
ler enſemble publier les mêmes loüanges au
de l'Vnivers.

VERS CHANTEZ
DANS LE PROLOGV
PAR LE SOLEIL ET MELPOMENE

Cieux écoutez, écoutez Mers profondes,
Et vous Antres & Bois,
Affreux Deſerts, Rochers battus des Ondes,
Redites apres nous d'une commune voix,
LOVIS eſt le plus ſage & le plus grand des R

Par trop de grands exploits l'invincible LOUIS
Semble avoir travaillé contre sa propre gloire,
L'Univers n'a point d'yeux qui n'en soient éblouïs;
Mais quand l'avenir dans l'Histoire
Verra tant de faits inouïs,
L'avenir les pourra-t'il croire?

DECORATION DU PREMIER ACTE.

CETTE grande masse & ces grouppes de Rochers élevez les uns sur les autres, ayant disparu en un moment par un artifice surprenant, le Theatre se change en une grande Ville, dont la magnificence, les differens ordres d'Architecture, & les diverses constructions des Maisons, & des Palais qui la representent ne donnent pas moins d'admiration que la Decoration precedente. Cett Ville eſt la Capitale du Royaume de CEPHÉE.

L'entrée en paroiſt au milieu du Theatre par u grand Portail percé, qui laiſſe voir par ſon ouver ture la continuation de la Ville, & le devant re preſente une Place publique. C'eſt par là que paſſ la Reyne CASSIOPE pour aller au Temple, où ell eſt conduite par PERSÉE encore inconnu ; mai qui par un merite accomply s'eſt acquis dans cett Cour une bienveillance égale à ſon merite. L Reyne attendant que le Roy CEPHÉE ſon Epou la vienne prendre pour la mener au Temple, entre tient le Prince inconnu des malheurs publics, & d leur cauſe. Le Roy eſtant venu, & aprés avoir té moigné ſa pieté & ſon obeïſſance, ſoumiſe aux or dres du Deſtin, qui s'eſt expliqué par un Oracle s'aperçoit le premier que le Ciel s'ouvre, où l'on voit dans un profond éloignement l'Etoille de Ve nus qui ſert de Machine, pour apporter cett Deeſſe juſqu'au milieu du Theatre : Elle s'avanc avec tant d'art & de vray-ſemblance, que l'œi agreablement trompé ne peut découvrir ce qui l ſoutient, ny ce qui la conduit.

VERS CHANTEZ POUR INVOQUER VENUS,

Par les Acteurs.

REyne d'Eryce & d'Amathonte,
Mere d'Amour & fille de la Mer,
Peux-tu voir ſans un peu de honte,
Que contre nous elle ait voulu s'armer,
Et que du meſme ſein qui fut ton origine,
Sorte noſtre ruine?

Peux-tu voir que de la meſme onde
Il oſe naiſtre un tel Monſtre aprés toy,
Que d'où vint tant de bien au monde,
Il vienne enfin tant de mal & d'effroy,
Et que l'heureux berceau de ta beauté ſuprême,
Enfante l'horreur meſme?

Vange l'honneur de ta naiſſance,
Qu'on a ſoüillé par un tel attentat,
Rends-luy ſa premiere innocence,
Et tu rendras le calme à cet Eſtat;
Et nous dirons que d'où le mal procede,
Part auſsi le remede.

La Deeſſe aprés avoir annoncé l'heureux hyme d'ANDROMEDE, continuant ſa route pour remon ter au Ciel, elle ſe va perdre au plus haut des nuës, traverſant de la plus grande profondeur du Thea tre juſqu'au deſſus du Cintre, mais par un mouve ment ſi imperceptible, qu'il ſemble qu'elle n'a point avancé, quand meſme elle eſt perduë; cependant elle fait ſon cours dans toute l'étendu & la longueur du lieu.

Apres que la Deeſſe a donné quelque eſperanc au Peuple d'un plus heureux deſtin que celuy qu attendoit, il en témoigne ſa joye par des actio de graces.

VERS CHANTEZ PAR LE PEUPLE,

Repreſenté par les Acteurs.

AInſi toujours ſur tes Autels
Tous les Mortels
Offrent leurs cœurs en ſacrifice ;
Ainſi le Zephyre en tout temps
Sur tes Palais de Cythere & d'Eryce
Faſſe regner les graces du Printemps.

Daigne affermir l'heureuſe paix
Qu'à nos ſouhaits
Vient de promettre ton Oracle ;
Et fay pour ces jeunes Amans,
Pour qui tu viens de faire ce miracle ;
Vn ſiecle entier de doux raviſſemens.

Dans nos campagnes & nos bois
Toutes nos voix
Beniront tes douces atteintes,
Et dans les Rochers d'alentour,
La mesme Echo qui redisoit nos plaintes,
Ne redira que des soûpirs d'amour.

Cette Machine de Venus finit le premier Acte qui pour augmenter le plaisir qu'apporte la variet[é] dans les Spectacles, laisse changer sa Decoratio[n] en un moment.

DECORATION DU SECOND ACTE.

C'EST un Jardin formé par des berceaux de feüillée, au travers desquels on voit des arcades de Rocaille, & sur le devant des berceaux, des escabellons de Jaspe qui portent des bustes d'or, entre-meslez de pieds destaux de differens marbres, sur lesquels sont posez de grands vases dorez, remplis d'Orangers, chargez de fleurs & de fruits; & sous ces pieds destaux on voit comme pour entretenir une agreable fraischeur à ces precieux arbres, des bassins de fontaines qui laissent tomber leur eau par cascade les uns dans les autres, & entre chaque pied d'estail on trouve des marches de marbre blanc pour monter à une haute terrasse ornée de guirlandes de fleurs, & de corbeilles posées sur des consoles ; qui s'unissant au fonds du Theatre avec un nombreux mélange de statuës dorées sur leurs pieds destaux, peut faire admirer le plus magnifique & le plus delicieux Jardin que l'imagination puisse produire.

C'est dans cet aimable lieu que paroist ANDROMEDE avec ses Nimphes qui cueillent des fleurs, pour en faire une guirlande, dont cette Princesse veut couronner PHINÉE, pour le recompenser par cette galanterie de la bonne nouvelle qu'il luy vient d'apporter ; & dans le temps qu'elle entretient ses Filles des perfections de l'inconnu PERSÉE. Elles sont agréablement surprises par un Air melodieux que PHINÉE fait chanter, avec des paroles qui expriment l'esperance de son heureux hymen & l'impatience de le voir accomply.

VERS CHANTEZ PAR MONSIEVR DE VILLIERS

Acteur.

QV'elle est lente cette journée,
Dont la fin me doit rendre heureux!
Chaque Moment à mon cœur amoureux
Semble durer plus d'une année:
O Ciel! quel est l'heur d'un amant,
Si quand il en a l'assurance,
Sa juste impatience,
Est un nouveau tourment!

Ie dois posseder ANDROMEDE:
Iuge, Soleil, quel est mon bien,
Vis-tu jamais amour égal au mien?
Vois-tu beauté qui ne luy cede?

Par-

Puis donc que la longueur du jour
De mon nouveau mal est la source,
Precipite ta course,
Et tarde ton retour.

Tu luis encor, & ta lumiere
Semble se plaire à m'affliger:
h! Mon amour te va bien obliger
A quitter soudain ta Carriere:
Vien, Soleil, vien voir la beauté
Dont le divin éclat me dompte,
Et tu fuiras de honte
D'avoir moins de clarté?

a jeune ANDROMEDE par une reconnoissance elle semble devoir à cet Amant, qu'elle croît n-tost épouser, luy fait chanter en revanche par de ses Nymphes un Air, & des paroles, dont la dresse donne autant de transports de joye à ce nce, que de plaisir aux oreilles qui les enten t.

VERS CHANTEZ

PAR MADEMOISELLE D'ENNEBAU

Actrice.

PHINE'E *est plus aymé qu'* ANDROMEDE *n'est b*
Bien qu'icy-bas tout cede à ses attraits,
Comme il n'est point de si doux traits,
Il n'est point de cœur si fidelle:
De mille appas son visage semé,
La rend toute merveille;
Mais quoy qu'elle soit sans pareille,
PHINE'E *est encor plus aymé.*

Bien que le juste Ciel fasse voir que sans crime
On la prefere aux Nymphes de la Mer,
Ce n'est que de sçavoir aymer
Qu'elle-mesme veut qu'on l'estime:

Chacun d'amour pour elle consumé,
D'un cœur luy fait un Temple,
Mais quoy qu'elle soit sans exemple;
PHINÉE *est encor plus aymé.*

nfin si ses beaux yeux passent pour un miracle,
C'est un miracle aussi que son amour,
Pour qui Venus en ce beau jour
A prononcé ce digne Oracle:
Le Ciel luy-mesme en la voyant charmé,
La juge incomparable;
Mais quoy qu'il l'ait faite adorable,
PHINÉE *est encor plus aymé.*

Cet Air chanté, les deux voix qui exprimoient ne aprés l'autre la passion de ces deux jeunes eurs, chantent ensemble un Dialogue de tenesse, qui exprime la felicité dont ils semblent al- jouïr.

DIALOGUE CHANTÉ

PAR MADEMOISELLE D'ENNEBAU

Actrice.

ET MONSIEUR DE VILLIERS,

Acteur.

HEureux Amant! heureuse Amante!
Ils n'ont qu'une ame, ils n'ont tous deux qu[']
cœur,
Ioignons nos voix pour chanter leur bon-heur,
Ioignons nos voix pour benir leur attente.

ANDROMEDE *ce soir aura l'illustre Epoux,*
Qui seul est digne d'elle, & dont seule elle est dign[e]
Preparons son Hymen, où pour faveur insigne,
Les Dieux ont resolu de se joindre avec nous.

Ciel le veut ; Venus l'ordonne ;

Amour les joint ; l'Hymen les veut unir.

uce union que chacun doit benir !

ureuse amour qu'un tel succés couronne.

Mais à tant de preparation de joye il succede un t bien different de l'esperance d'ANDROMEDE le PHINÉE ; On leur vient annoncer que le sort tombé sur cette jeune & malheureuse Princes- & que c'est elle aujourd'hy qui doit estre ex- ée à la rage du Monstre. C'est là que PHINÉE s'a- donne à des imprecations contre le Ciel, qui ble s'en vouloir vanger, par l'effroy d'un ton- re qui commence à rouler avec un si grand it, accompagné d'éclairs si promptement re- blez, que cette feinte donne autant d'épou- te que d'admiration, tant elle approche du na- el. On voit cependant décendre Eole avec huit nts, dont quatre sont à ses deux costez ; en sorte tefois que les deux plus proches sont portez sur mesme nuage que luy, & les deux plus éloignez comme volans en l'air sur les aisles du Theatre,

deux à la gauche, & deux à la droite. Ce qui n'e[illegible]
pesche pas PHINE'E de continüer ses blasphem[illegible]
Mais enfin ce Dieu lassé de tant d'audace en pu[illegible]
les emportemens par le ravissement d'ANDRO[illegible]
DE entre les bras & aux yeux de ce temer[illegible]
Amant. Le commandement qu'en fait Eole [illegible]
Vents qui l'accompagnent produit un spec[illegible]
étrange & merveilleux tout ensemble. Les [illegible]
Vents qui estoient à ses deux costez suspend[illegible]
l'air s'envolent l'un à gauche, l'autre à droit. [illegible]
autres remontent avec luy dans le Ciel, sur le[illegible]
me nuage qui les vient d'aporter; & les deux [illegible]
estoient à sa main gauche sur les aisles du The[illegible]
s'avancent au milieu de l'air, ayant fait de[illegible]
trois tours comme des tourbillons, ils passe[illegible]
costé du Theatre où est ANDROMEDE, d'o[illegible]
deux derniers fondent sur elle, & l'ayant saisi[illegible]
cun par un bras, l'enlevent de l'autre costé ju[illegible]
dans les nuës.

C'est là que PERSE'E prend l'occasion d'assu[illegible]
le Roy qu'il luy rendra sa Fille, & finit le seco[illegible]
Acte en volant apres elle.

DECORATION DU ROISIEME ACTE.

L se fait icy une si étrange & si prompte Metamorphose, qu'on peut croire que PERSÉE, nt que de sortir de ce Jardin charmant, ait dévert l'horrible & monstrueuse teste de Medu, qu'il porte par tout sous son bouclier. Ces ons, ces corbeilles de fleurs, ces jaspes, cet or, ces marbres precieux sont devenus des rochers nt les masses inégalement escarpées & bossuës vent si parfaitement le caprice de la Nature, il semble qu'elle ait plus contribué que l'Art, à placer ainsi des deux costez du Theatre, dont t le milieu represente une vaste Mer écumante, battant de flots les Rochers horribles qu'elle nble vomir. C'est là que l'œil se perd sur son bjet par les douces impostures qu'il souffre de la uleur transparente d'un crystal verdoyant, qui r des mouvemens ondoyans, feroit jurer aux ſpectateurs avec quelque ſorte de juſte appli-tion, que tout l'Ocean a pris plaiſir à venir r-dre hommage à la Scene.

Il n'y a perſonne qui ne jugeque ce triſte ſpec-cle eſt le funeſte appareil de l'injuſtice des Dieu & du ſupplice D'ANDROMEDE. Auſſi la voit-on haut des nuës, d'où les deux Vents qui l'ont en-vée l'apportent avec impetuoſité, & l'attach-au pied du fatal Rocher où elle doit eſtre devoré

Le peuple fait une plainte touchante ſur le bo-de la Mer.

VERS DE LA PLAINTE

CHANTÉE PAR MONSIEUR DE VILLIER

Acteur.

Repetez nos triſtes accens,
Rochers, antres affreux, infortuné rivage,
ANDROMEDE *du Ciel le plus parfait ouvrag*
Va perdre la lumiere au plus beau de ſes ans.

Iniuſte

Injustes Dieux, trouppe barbare,
Laisserez-vous perir une Beauté si rare?
Changez vos claires eaux en pleurs,
ontaines & Ruisseaux qui coulez dans la plaine,
t vous tendres Zephirs, que vostre douce haleine
asse monter aux Cieux nos cris & nos douleurs.

Tandis que cette jeune Princesse & sa Mere, par urs justes soûpirs, attendrissent tous les cœurs, n découvre d'aussi loin que la veuë peut distin-uer quelque chose, un Monstre Marin au fonds e la perspective; mais dans un si grand éloigne-ent, que tout puissant qu'il soit, on a peine à ger de sa forme, tant il paroist petit d'abord. mesure qu'il avance, on le voit grossir, & l'on est pas long-temps sans en discerner l'horrible rme: Ce Monstre écailleux, armé de griffes & arestes piquantes, s'avance jusqu'à la triste AN-ROMEDE pour l'engloutir: Mais dans ce mê-e moment on voit paroître Persée monté sur le heval aislé, que les Poëtes nomment Pegase; à eine aperçoit-il ANDROMEDE & sa Mere qu'il les sure d'un secours infaillible, si l'une & l'autre

veulent avoüer son amour, & luy en promettre
recompense. Dans un si pitoyable estat que ne pr
met-on point? Le valeureux PERSE'E flatté de l'
poir qu'on luy donne, s'expose aussi-tost à vol
sur le Monstre, qu'il attaque si heureusemen
que'n un moment il le dompte, le tuë, & com
mande aux Vents de venir reparer l'outrage qu'
ont fait à sa jeune Princesse; ces mesmes Vents l
obeïssent aussi promptement qu'il leur command
& viennent détacher ANDROMEDE, pour la re
porter par le chemin des Nues dans le Palais
Roy son Pere.

Certes c'est icy qu'il peut estre permis d'exag
rer s'il est possible, la loüange que l'on doit à l'ho
neur du Machiniste. La France n'a point enco
veu de Spectacle pareil à celuy de cét Acte. Il n'e
point extraordinaire, nouueau; ny peut-estre tro
difficile d'enlever des Hommes ou des Fantôme
& leur faire traverser les airs; mais il est à rema
quer qu'en cét endroit, le Pegase sur lequel
monté Persée, est un veritable Cheval d'une tail
avantageuse, & d'une vivacité & d'un port, q
ne peut laisser croire un moment que le carton
fasse la representation: & sur tout ce que l'on do
admirer dans cette Machine, c'est l'école extrao

inaire de cét Animal, qui dés qu'il eſt party du
aut des nuës, ſemble ſous le poids de ſon Heros
ſentir la volonté, en combattant luy-meſme le
Monſtre que Perſée vient attaquer. Ce Combat pa-
oît un aſſez long eſpace de temps pour en admi-
er la beauté, ſans en pouvoir decouvrir l'induſtrie;
 aprés la mort du Monſtre, le Cheval à tire d'aî-
s, emporte rapidement PERSE'E par le meſme
hemin que les Vents ont emporté ſon ANDRO-
EDE, & paſſe par deſſus le Ceintre pour l'aller
prendre où elle ſera poſée. C'eſt là que tout le
vage retentit de cris de joye & de chants de
ictoire.

VERS CHANTEZ
SVR
LA MORT DV MONSTRE,
PAR LES MESMES ACTEVRS.

Le Monſtre eſt mort, crions Victoire,
Victoire, tous Victoire à pleine voix;

Que nos Campagnes, que nos Bois
Ne raisonnent que de sa gloire.

Monsieur de Villiers seul.

Quand le danger presse une Belle,
Qu'elle craint & languit,
Qu'une pâleur mortelle
La trouble & l'interdit;

Le peril devient necessaire,
Tout doit en estre charmant,
Et l'Amant le plus temeraire
N'est pas le moins heureux Amant.

Vous estes sa digne conqueste,
Victoire à son amour, Victoire tous;
C'est luy qui calme la tempeste,

Et c'est luy qui vous donne enfin l'illustre Epoux
Qui seul estoit digne de vous.

Il sembleroit que l'embarras de tant de Machines à la fois, devroit donner quelque relâche aux travaux du Machiniste, mais bien loin d'en prendre, à peine ce spectacle est-il évanoüy, qu'il en succede un autre tout different. C'est Neptune qui s'éleve du fonds de la Mer dans une Conque brillante de tout le Nacre de l'Orient, portée par deux Dauphins, & cette Machine est accompagnée de trois Nereïdes, qui se plaignent d'estre si mal vengées. Apres que l'on a veu quelque temps flotter cette Conque, & que Neptune les a consolées en les flattant d'une vengeance plus certaine, la Conque avec ce Dieu des Ondes & ses trois Nereïdes fondent, & se plongent sous les flots de la Mer, qui apres un mouvement orageux se calme insensiblement, & c'est ce qui finit le troisiéme Acte.

DECORATION DV QUATRIÉME ACTE

IL feroit difficile d'augmenter le plaiſir & l'a miration du ſpectacle, apres les effets ſurp nans de ce troiſiéme Acte: mais comme il eſt i poſſible que dans un ouvrage tout ſoit d'une m me beauté, & qu'il eſt abſolument neceſſaire finir, c'eſt pour ce ſujet que les vagues agitées cette Mer fondent tout d'un coup ſous le The tre, & ces horribles maſſes de Roche dont elle b toit le pied font place à la magnificence d'un P lais Royal où ſe doit celebrer la grande feſte nos Amans. Ce Palais eſt d'ordre Dorique po par des colomnes de marbre ſerpentin ve dont les baſes & les chapiteaux ſont relevez d' Entre les colomnes ſont de grandes ſtatuës meſme métail. Dans l'enfoncement paroiſt la

du Palais d'un ordre ionique porté par des pi-
tres de different marbre, & dont les colomnes,
ses, & chapiteaux sont d'or, portant leur frise,
chitrave, & corniche sur les colomnes, avec un
onton orné de trophées, & au derriere deux
andes figures d'or couchées, & tout au lointain
roist un Attique qui represente le corps du bâ-
nent, & dans la grande arcade du milieu qui est
ritablement percée, paroist la cour du Palais
oyal de CEPHE'E, qui est un edifice extreme-
ent clair & d'un ordre Composite. PERSE'E
roist le premier dans cette sale conduisant AN-
ROMEDE en son appartement, apres l'avoir obte-
ie du Roy & de la Reyne, & comme si leur vo-
nté ne suffisoit, il tâche encore de l'obtenir d'el-
mesme par tous les respects & les soumissions
'un Amant doit toûjours à sa Maistresse. Com-
e la matiere de ce quatriéme Acte ne fournit pas
aucoup de Machines, il ne s'y en voit qu'une qui
celle de IUNON, qui toûjours jalouse des plai-
s de IUPITER, croit ne s'en pouvoir mieux ven-
r qu'en favorisant le rival de PERSE'E. Elle vient
nc asseurer le Prince Phinée de son secours &
sa protection contre Persée, elle paroist dans
n Char tiré par deux Paons, il est fort riche &

digne de l'orgueil de la Deesse qui s'y fait po[illegible] Bien qu'il n'y ait que cette Machine dans tout[illegible] Acte, elle vient si à propos & joüe par un si agr[illegible] ble mouvement, qu'elle ne laisse pas les Spe[illegible] teurs sans beaucoup de plaisir. Enfin l'Acte fi[illegible] par l'allegresse publique que le Peuple témoig[illegible] de l'heureuse union qui se va faire de PERS[illegible] & d'ANDROMEDE.

VERS CHANTEZ PAR LE PEUPL[illegible]

REPRESENTÉ PAR LES ACTEVRS.

Vivez, vivez, heureux Amans,
Dans les douceurs que l'amour vous inspir[illegible]
Vivez heureux, & vivez si long temps,
Qu'au bout d'un siecle entier on puisse encor vous di[illegible]
Vivez, vivez, heureux Amans.

Qu[illegible]

Que les plaisirs les plus charmans
Fassent les jours d'une si belle vie,
Qu'ils soient sans tache, & que tous les momens
sent mesme redire à la voix de l'Envie,
Vivez heureux Amans.

Que les Peuples les plus puissans
Dans nos souhaits à pleins Vœux nous secondent,
aux Dieux pour vous ils prodiguent l'encens,
des bouts de la terre à l'envy nous répondent:
Vivez heureux Amans.

ECORATION
DV CINQVIEME ACTE.

Omme les Theatres fournissent beaucoup au plaisir de l'imagination en representant ce convient aux sujets; le moment nuptial estant nu, il a esté necessaire de representer le lieu où ccomplit ordinairement une si grande Ceremonie, c'eſt ce qui fait que la Scene repreſente Temple ſuperbe, compoſé de marbre blanc d'ordre ïonique compoſite, porté par des colom canelées de marbre d'Egypte, dont les filets, chapiteaux, & les baſes, ſont d'or; entre les Colo nes ſont poſées de grandes Caſſolettes d'or, & to les filets de l'architecture, modellions, ornemen le tout eſt pareillement d'or; au milieu du Thea paroît le Sanctuaire du Temple, Yſolé d'un meſ ordre d'architecture, avec la meſme richeſſe, dans le fonds on voit la continuation des Galer du devant, qui font un Coridor, ſuivant toûjo le meſme ordre.

La mort de PHINE'E fait le dénoüement de te Tragedie, & le recit en eſtant fait, Mercure roît au milieu de l'air, qui vient aſſurer nos Am qu'ils ne trouveront plus d'obſtacles à l'heure accompliſſement de leurs Nopces, & que Dieux les veulent honnorer eux meſmes, & les lebrer dans les Cieux: ce dernier vol que fait Dieu aiſlé, ne laiſſe pas moins d'admiration que to ce qui precede: il paroît au plus haut du Th tre dans le coin des Nuages, & dés qu'il a parl s'élance en terre, & à peine l'a-t'il touchée que meſme élancement, & ſans le moindre interva

s'échape d'un vol extraordinairement rapide juſ-
ues par deſſus le ceintre. Dés que les yeux l'ont
erdu, pour entretenir une agreable ſurpri-
, le Ciel s'ouvre, où l'on voit Iupiter dans ſon
ône, brillant de toutes les lumieres celeſtes, il eſt
nvironné d'un Nuage, & à ſes deux coſtez Iunon
Neptune apaiſez par les ſacrifices de nos Amans,
ue ces Dieux meſmes font monter dans le Ciel
ar deux Nuages qui les vont prendre, & qui les
nlevent de chacun des coſtez du Theatre juſques
ans le Ciel. La piece finit par ce charmant ſpec-
acle, & par les acclamations du Peuple ſur les
roſperitez & les heureux preſages de cette glo-
ieuſe alliance.

VERS CHANTEZ
AR LES ACTEVRS.

Maiſtre des Dieux, haſte-toy de paroiſtre
Et de verſer ſur ton ſang & nos Roys,
Les graces que garde ton choix
A ceux que tu fais naiſtre.

Fay cheoir sur eux de nouvelles couronnes,
Et fay nous voir par un heur accomply,
Qu'ils ont tous dignement remply
Le rang que tu leur donnes.

Allez, Amans, sans jalousie
Vivre à jamais en ce brillant séjour,
Où le Nectar & l'Ambrosie
Vous seront comme aux Dieux prodiguez chaque jo[ur].
Et quand la Nuit aura tendu ses voiles,
Vos corps semez de nouvelles étoiles,
Du haut du Ciel éclairant aux Mortels,
Leur apprendront qu'il vous faut des Autels.

FIN.

Permis d'imprimer. Fait ce 14 Juillet 1682. DE LA REYN[IE]

De l'imprimerie de la Veuve G. ADAM, sur le Qu[ai]
des Augustins, à l'Olivier. 1682.

www.ingramcontent.com/pod-product-compliance
Ingram Content Group UK Ltd.
Pitfield, Milton Keynes, MK11 3LW, UK
UKHW012303240726
13966UKWH00004B/1604

9 782011 943194